Tearmoon
Empire Story

WRITTEN BY NOZOMU MOCHITSUKI
ILLUSTRATION BY GILSE

드라마 CD 특별판

KB184168

단두대에서 시작하는 황녀님의 전생 역전 스토리

원작 **모치츠키 노조무**
각본 **아카오 데코**

〔등장인물〕
미아 루나 티어문 (티어문 제국 제1황녀)
아벨 렘노 (렘노 왕국 제2왕자)

안느 (미아 전속 메이드)
루드비히 (티어문 제국 삼등세무관)

시온 솔 선크랜드 (선크랜드 왕국 제1왕자)
키스우드 (시온의 종자)
티오나 루돌폰 (티어문 제국 변경백작의 딸)
리오라 룰루 (티오나의 메이드. 티어문 제국 삼림 지역에 사는 소수민족 룰루족 출신)
라피나 오르카 베이르가 (베이르가 공국을 다스리는 베이르가 공작 오를레앙의 장녀)
클로에 포크로드 (포크로드 상회의 딸)

게인 렘노 (아벨의 형)

그 외

티어문
제국 이야기

TEARMOON
EMPIRE
STORY

● 트랙1

□ 제국. 미아의 방 (아침)

SE 짹짹 아침의 새 지저귐

안느, 침대에서 자는 미아를 깨운다.

안느 : 미아 님.
미아 : (새근새근 잠든 숨소리)
안느 : 미아 님.
미아 : (새근새근 잠든 숨소리)
안느 : 아침이에요. 눈을 뜨셔야죠, 미아 님.
미아 : 으, 으응, 조금만 더…….
안느 : 어쩔 수 없네요…… 라고 말씀드리고 싶지만, 오늘은 그럴 수 없습니다.

SE 커튼을 걷는 소리

미아 : (햇빛을 느끼고) 눈 부셔…….
안느 : 보세요. 날씨가 무척 좋답니다. 결혼식 전날 준비일에 딱 맞는 날씨예요.

미아 : (눈을 흘기고) ……뭐죠, 그 혀가 꼬일 듯한 수식어는…….

안느 : 안 꼬였으니 상관없잖아요! 내일은 저희에게…… 아니, 아니죠. 제국에게 아주아주 중요한 날. 미아 님의 결혼식이니까요.

흥! 하고 기합 넣는 소리

안느 : 그러니까! 오늘은 결혼식 준비 막바지! 드레스에 주름 하나 없는지, 화장 도구가 잘 갖춰져 있는지…… 물론 정성스럽게 입욕도 하셔야 합니다!

미아 : (하품하고) 흐아암…… 그렇네요. 하지만 그 전에…… 단것을 먹고 싶은데……. 아니, 아침부터는 안 주겠군요.

안느 : 아뇨, 오늘은 특별한 날이니까 마련해두었습니다!

미아 : 네?

SE 달그락, 미니 케이크 접시를 드는 안느

미아 : (기뻐하며) 어머나! 미니 케이크!

안느 : 과일과 생크림도 듬뿍 올라갔습니…… 꺄악?!

SE 넘어지는 안느. 와장창! 하며 접시가 바닥으로 추락

미아 : 아…….

안느 : 죄, 죄송합니다! 아앗, 미니 케이크가! 크림이! 과일도!!

미아 : (쿡쿡 웃으며) 그렇게 당황하지 않아도 괜찮아요, 문제 없습니다. 오히려 이래야 안느라는 느낌인걸요. (싱긋)

안느 : 미아 님…….

미아 : 후후, 추억이 새록새록 떠오르네요. 커다란 케이크를 통째로 엎어버린 적도 있었죠.

안느 : ……네. 제가 미아 님의 전속 메이드가 되었을 때였죠.

미아 : 어머, 안느도 기억하고 있었나요?

안느 : 물론입니다. 잊을 수 있을 리가요. 그날 그 순간부터 제 인생이 확 달라졌으니까요.

미아 : 그렇게까지는…….

안느 : 아뇨. 저만 그런 게 아닙니다. 미아 님은 많은 사람의 미래를 비춰주셨어요…….

미아 : 미래를?

그때
SE 노크 소리

루드비히 : 실례합니다, 괜찮겠습니까? 미아 황녀 전하.

미아 : 네.

SE 문이 열리는 소리

루드비히 : 좋은 아침입니다.

미아 : 좋은 아침이에요, 루드비히. 어머, 그건?

루드비히 : 쿠키입니다.

SE 달그락. 사이드테이블에 쿠키 접시를 놓는 소리

미아 : 어머나!
루드비히 : 오늘 일정을 확인했는데…… 그 전에 단것을 드시
는 게 두뇌 회전에 도움이 되겠다고 생각했습니다.
안느 : 역시 루드비히 씨! 딱 좋은 타이밍이에요! 앗, 저는 홍차
를 내어 오겠습니다.

SE 달그락달그락 홍차를 준비하는 소리

안느 : 미아 님은 설탕과 우유, 루드비히 씨는.
루드비히 : 스트레이트로 부탁할 수 있을까?
안느 : 알겠습니다.

SE 찻잔에 홍차를 따르는 소리

루드비히 : 향이 좋군. (홍차를 마신다)
안느 : 후후, 루드비히 씨. 안경에 김이 서렸어요.
루드비히 : 이런.

안경을 벗는 루드비히

SE 슥슥 안경을 닦는 소리

루드비히 : 하지만⋯⋯ 정말로 결혼하시는 거군요.

미아 : 왜 그러죠? 갑작스럽네요.

루드비히 : 아뇨⋯⋯ 제법, 이게, 가슴에 오는 게 있다는 느낌입니다. 미아 황녀 전하와 처음 만났을 때를 생각하면 이런 날이 올 줄이야⋯⋯.

SE 달그락달그락 찻주전자 소리

SE 찻잔에 홍차를 따르는 소리

루드비히 : 네, 그건⋯⋯ 제가 적월청으로 좌천될 뻔했을 때였죠⋯⋯.

SE 찻잔에 또옥⋯⋯ 하고 홍차 물방울이 떨어진다

□ 【추억 이야기】 금월청

SE 떡하니 루드비히 앞에 선 미아

미아 : 거기 젊은 관리분. 음, 루드비히라고 했던가요?"

루드비히 : 네? 어, 네…….

미아 : 잠시 이야기가 있는데 괜찮을까요?

루드비히 : ……무슨 일이십니까? 나…… 아니, 저는 일을 하러 가야 하는데요…….

미아 : 잠시 대화하고 싶어서요.

루드비히 : 저기, 저는 바쁘다고 말씀드렸는데요…….

미아 : 가르쳐주었으면 하는 게 있답니다.

루드비히 : ……상관없다 이겁니까. 듣던 것보다 더 막무가내군요. (한숨을 쉬고) 그래서 뭘 묻고 싶으신 거죠?

미아 : 그래요, 단도직입적으로 말하자면 어떻게 해야 제국의 재정을 회복할 수 있는가에 대한 걸까요.

루드비히 : (코웃음) 흥, 그럼 묻겠습니다. 미아 황녀 전하, 당신의 식사에 어느 정도의 돈이 들어가는지, 당신은 알고 계십니까?

미아 : 어디 보자, (우쭐대는 얼굴로) 한 끼에 당신 봉급의 한 달 치, 현월금화 한 닢 정도가 아닐까요?

루드비히 : (듣고 놀라면서) ?!

미아 : 애당초 제국의 재정적 문제는 간단하게 말하자면 들어오는 돈보다 나가는 돈이 더 많다는 점. 그걸 해결하기 위해서는…….

미아의 목소리가 페이드아웃──

루드비히의 내레이션 : 놀라는 내 눈앞에서 12살의 미아 황녀 전하의 집에서는 티어문 제국이 안고 있는 문제점이 잇달아 나왔다. 제국의 문제, 귀족의 문제, 제도 루나티어의 문제, 이웃 나라와의 문제, 그 외 각종 문제에 대해……. 그 완벽한 현실 인식과 미래 예측의 소용돌이에 삼켜졌고, 내 안에 태어난 경악은 어느새 경외로 바뀌었다.

미아 : (말을 이으며) 그리고…….
루드비히 : ……이제 됐습니다.

SE 한쪽 무릎을 꿇고 신하의 예법을 취하는 루드비히

루드비히 : 황실에 당신처럼 총명한 분이 계실 줄이야. 감탄했습니다.
미아 : 엇!

SE 쿠구구궁! 미아의 뇌 내에 벼락이 친다

미아 : (광희&흥분하면서) 그, 그건…….
루드비히 : (말을 가로막고) 하지만 이렇게 잘 알고 계신다면, 저 같은 자의 힘을 빌리지 않아도 이 나라를 재건하실 수 있지 않겠습니까?
미아 : (컥) 어.

짧은 침묵──

미아 : (아까와는 확 달라져서 땀을 삐질삐질) 그, 그건…….

루드비히 : 아, 하지만 그렇군요. 확실히 미아 황녀 전하께선 아직 어리십니다. 진지하게 이야기를 들어주는 사람이 없을지도 모른다고, 혹시 그렇게 생각하시는 겁니까?"

미아 : (적극적으로) 바로 그겁니다! 게다가 아무리 제가 총명하다고 해도 실수는 저지를 수 있다고 봐요. 그러니 당신도 스스로 생각한 바를 거리낌 없이 저에게 말해주세요.

루드비히 : 지식에 자만하지 않고 신하의 진언에도 귀를 기울이려 하시는 겁니까……. 당신은, 참……. 그런 것이라면…….

SE 옷이 스치는 소리? (신하의 예를 취하며 깊이 머리를 조아리는 루드비히)

루드비히 : 이 루드비히, 몸과 마음을 다 바쳐 협력하겠습니다.

ㅁ 돌아와서 현재

SE 찻잔에 또옥…… 하고 홍차 물방울이 떨어진다

안느 : (황홀) 몇 번을 들어도 멋진 만남이에요.

루드비히 : 그래. 아니, 만남이라기보다는…… 전하께서 나를

발견해주셨다고 해야 할까……. 이런, 또 안경에 김이 서렸군요.

SE 슥슥 안경을 닦는 소리

미아 : 괜찮은 건가요? 조금 전부터 계속 흐릿하던데요, 당신의 안경.

루드비히 : 전혀 문제없습니다. 제 안경보다 지금은 전하입니다. 그래요, 그날 제게 보여주셨던 지성의 빛은 마치 달의 여신과도 같이 너무나도 눈이 부셨습니다. 전하야말로 하늘이 제국에 내려주신 위대한 지도자인 게 아닐까……? 그런 생각이 절로 들 정도입니다.

안느 : 루드비히 씨, 또 안경이 흐려졌어요.

루드비히 : 흐릿한 건 이제 신경 쓰지 않아도 돼.

안느 : 네…….

루드비히 : 그 후 바로 신월지구에 간다고 말씀하셨을 때는 참 놀랐습니다.

SE 슥슥 안경을 닦는 소리

□ 【추억 이야기】 신월지구

SE 루드비히&병사들&미아의 발소리

SE 미아, 멈춰선다

미아 : 여기가…… 신월지구…….

리더 병사 : 미아 황녀 전하, 저희보다 앞으로 나오시면 안 됩니다. 너무 앞으로 나오시면 위험합니다.

미아 : 위험? 그런가요?

루드비히 : 참고로 황녀 전하, 오늘 일은 황제 폐하께서 알고 계시는 겁니까?

미아 : 네? 아바마마요? 그런 거라면 괜찮습니다. 나중에 제가 말씀드리면 이 정도쯤이야.

루드비히 : 그렇습니까…….

리더 병사 : 그나저나…… 냄새가 지독하군요.

미아 : 그런가요? 그렇게 신경 쓰일 정도는 아닌데…….

리더 병사&루드비히 : (놀라며) 네?

미아 : 이러한 곳에서 사는 사람들은 분명 목욕하기도 쉽지 않을 테죠. 사흘만 몸을 안 씻어도 냄새가 나는 건, 인간이라면 당연한 법이죠. 먼 곳에서 오는 여행자와 별로 다를 거 없어요. 자, 그런 것보다 가죠.

SE 걷는 미아

루드비히 : 미아 황녀 전하, 목적지는 대체 어디이신 겁니까?

미아 : 으음, 글쎄요. 딱히 정하진 않았지만……, 저기 쓰러져

있는 건…… 어린아이?

SE 어린아이에게 달려가는 미아

미아 : 이봐요, 당신. 괜찮아요?
리더 병사 : (깜짝) 황녀 전하! 그런 자를 만지시면!
미아 : 당신, 어디가 아픈 것 아닌가요?
어린아이 : 으으…………
루드비히 : 보아하니 병이 아니라 굶주림일 겁니다. 이 근방에
선 흔한 일이죠.
미아 : 그런가요……. 배가 고픈 건 확실히 고통스럽겠죠. 안느.
안느 : 네, 여기 있습니다.
미아 : 가져온 과자가 있었죠? 그걸 이 아이에게 주세요.
안느 : 앗, 네.

SE 과자를 꺼내는 안느

안느 : (과자를 어린아이에게 주며) 자, 먹을 수 있겠니?
어린아이 : ……고…… 마워…….

SE 오도독…… 과자를 먹는 어린아이

미아 : (지켜보며) ……루드비히, 묻고 싶은 게 있습니다.

루드비히 : 말씀하십시오.

미아 : 여기서 미래에 전염병이 돌지 않게 하려면 어떻게 해야 할까요?

루드비히 : 전염병이 돌지 않도록……?

미아 : 네.

루드비히 : 그건…….

생각하는 루드비히

루드비히 : ……전염병을 막는 방법은 두 가지입니다. 식량을 구석구석 배급하여 주민의 체력을 증강하는 것. 그리고 의료기관을 증설하는 것입니다.

미아 : 즉 돈이 필요하다는 거군요……. 흐음……. 그렇다면…… 그래요, 제가 오늘 꽂고 온 이것. 이 비녀를 팔면 조금은 충당이 될까요?

SE 머리카락에서 비녀를 스르륵 빼는 소리

루드비히 : ……네?

안느 : 미아 님, 그건 좋아하시는 비녀잖아요!

미아 : 딱히 상관없습니다. 아무리 소중한 것이라 한들, 온 힘을 다해 붙잡고 있어도 사라질 때는 사라지는 법이고 망가질 때는 망가지는 법. 그렇다면 의미 있게 써야 하죠.

루드비히 : (크게 감동하며) 미아 황녀 전하……. 미아 님의 마음은 똑똑히 들었습니다. 이 루드비히, 맡겨주신 보물을 최선의 방향으로 활용하도록 하겠습니다.

□ 돌아와서 현재

SE 슥슥 안경을 닦는 소리

안느 : 이름이 쟁쟁한 대상인이 미아 님께 헌상한, 커다란 붉은 보석이 박힌 비녀……. 그걸 그렇게 선뜻 넘겨버리시다니…….

루드비히 : 그때의 미아 황녀 전하는 말 그대로 성녀셨지.

미아 : (땀) 그, 그런가요? (땀을 흘리며 작은 목소리로) 혁명이 일어나면 어차피 빼앗길 거라고 생각했던 것뿐인데요…….

루드비히 : (제대로 듣지 못하고) 뭐라고 말씀하셨습니까?

미아 : (흠칫 놀라 얼버무리며) 아뇨, 아무것도…….

안느 : 진월지구에서 돌아오신 뒤 루드비히 씨는 빈민가를 위해 미아 님께서 소중한 보물을 내어놓은 일을 대대적으로 선전하고 다니셨죠. 그리고 다들 자비로운 미아 님의 행동에 놀랐고….

루드비히 : 귀족들은 자신들도 돈을 내지 않을 수 없게 되었지. 그 결과 20일 뒤 신월지구에 커다란 병원을 건설하는 게 정해졌습니다.

안느 : (후우 한숨을 쉬며) 정말 감동적인 이야기예요…….

루드비히 : 그래, 추억 이야기를 나눴더니 벌써 시간이 이렇게

되었군.

미아 : 무언가 볼일이 있는 건가요?

루드비히 : 아뇨, 볼일이 있는 건 제가 아닙니다. 사실 오늘 내에 꼭 미아 황녀 전하와 인사하고 싶다는 분들이 찾아오셨거든요.

미아 : 어머.

안느 : 네?! 인사하고 있을 여유는 없는데요?! 미아 님께서는 결혼식 준비로 아주 바쁘시단 말이에요.

미아 : 괜찮아요, 안느. 상관없습니다.

안느 : 하지만!

미아 : 그래, 안느. 모처럼이니 인사하고 싶다고 하신 분들을 모두 모아 점심을 먹는 건 어떨까? 날씨도 좋으니까, 안뜰에서. (싱긋)

안느 : (후후 웃으며) 어쩔 수 없네요. 알겠습니다. 이 안느, 실력을 한층 발휘해서 요리를 마련하겠습니다……!

● 트랙2

□ 안뜰

SE 불어오는 바람

SE 사각사각 흔들리는 나무

SE 몇 명의 메이드가 달그락달그락 식기를 나르는 소리

지시하는 안느

안느 : 그 접시는 중앙에! 아, 그쪽 컵은 테이블 위에 균등하게
나열해두세요!
메이드들 : 네!
안느 : 미아 님. 미아 님은 이쪽 의자입니다.
미아 : 고마워요, 안느.

그때

티오나&라피나 : 평안하셨습니까.
클로에&리오라 : 미아 님……!

SE 다가오는 티오나&라피나&클로에&리오라의 발소리

미아 : 평안하셨습니까, 라피나 님. 티오나 양. 클로에 양. 리오라 양.

라피나 : 결혼 축하드립니다.

미아 : 감사합니다.

티오나 : 바쁘실 테지만…… 꼭 결혼식 전에 만나 뵙고 싶어서요.

클로에 : 내일은 여유롭게 대화하지 못할 테니까요.

미아 : 와 주셔서 기뻐요, 여러분.

리오라 : 이거, 제 선물.

SE 두둥! 테이블 위에 놓인 토끼 통구이

미아 : 어…… 이건…….

리오라 : 산토끼 통구이. 축하할 일은, 고기예요.

티오나 : 미아 님께 드리고 싶어서 어젯밤부터 준비하더라고요. 괜찮으시다면 받아주세요.

미아 : 이 냄새…… 정말 맛있을 것 같아요! 감사합니다, 리오라 양.

클로에 : 저, 저기…… 저도 이거, 선물로…….

미아에게 책을 건네는 클로에

미아 : 어머나, 책이네요?

클로에 : 네. 지금 제일 추천하는 작품이에요.

미아 : 클로에의 추천이라면 믿음직스럽죠. 감사합니다.

클로에 : (쑥스럽다는 듯 웃으며) 에헤헤.

미아 : 우후후.

라피나 : 두 사람은 정말 독서 친구구나.

클로에 : 네……. 항상 쉬는 시간에 혼자서 책을 읽던 저에게 미아 님께서 말을 걸어주셨습니다.

라피나 : 어머나, 뭐라고?

클로에 : '당신 같은 분을 찾고 있었어요. 당신, 저와 친구가 되지 않겠어요?' ……라고요.

라피나 : 참으로 열렬한 말이네.

클로에 : 네. 저는 그때, 정말 깜짝 놀라서…… 어째서 저인 건지 여쭤봤죠.

라피나 : (미아에게) 어째서 클로에 양이었던 거야?

미아 : 당연하죠. 책을 좋아하는 클로에 양이 꼭 읽었으면 하는 책이 있었거든요.

클로에 : 그게 '가난한 왕자와 황금의 용'이라는 책이었습니다. 가난한 사람에게 보석을 나눠줘서 가난해진 왕자님이, 다쳐서 움직이지 못하게 된 용을 도와주면서 시작하는 모험극인데…… 이렇게 재미있는 책을 만난 것도 미아 님과 독서 친구가 된 것도 저

에게는 과분할 정도로 행운이었어요.

　라피나 : 우후후, 무척 행복해 보여. 클로에 양은 미아 님을 정말 좋아하는구나.

　클로에 : 네? 좋아한다기보다는………… 그 만남은 정말 충격적이라서, 그래서…… (쑥스러워하며) 네, 미아 님을…… 좋아합니다.

　미아 : 어머, 그런 식으로 말해주다니 기쁘네요.

　티오나 : 저기! 저도! 저도 미아 님과 만났을 때 충격적이었어요.

　미아 : 티오나 양…….

　티오나 : 그건 세인트 노엘 학원에 입학한 첫날인데…… 마을 한 곳에서 동급생인 귀족 영애들에게 괴롭힘을 당하고 있을 때였죠…….

□【추억 이야기】마을 한 구석

SE 거리의 소음

　귀족의 딸1 : 뭐라고 말 좀 해보지 그래?

　귀족의 딸2 : 당신의 사용인이 우리에게 무례를 저질렀다고요!

　티오나 : 저기, 그건, 하지만…….

　귀족의 딸3 : 하지만은 무슨!

여러 명의 귀족에게 둘러싸여 괴롭힘을 당하는 티오나

그곳에——

미아 : 잠깐, 거기 당신들!

SE 척척 미아의 힘찬 발소리

미아 : 뭘 하는 거죠?

귀족의 딸1 : 네? 뭔가요, 당신은. 갑자기…… (깜짝 놀라며) 미, 미아 황녀 전하……?!

귀족의 딸2 : 뭐?

귀족의 딸3 : 세상에, 왜…….

미아 : 네, 티어문 제국의 제1황녀 미아 루나 티어문입니다. 앞으로 잘 부탁해요.

짧은 침묵 후——

미아 : 그래서……, 당신들은 뭘 하고 있었던 거죠?

귀족의 딸2 : 네? 어, 그게, 이건…….

미아 : 우리 제국의 국민에게 무례한 짓을 저지르고 있는 것처럼 보였는데요…….

귀족의 딸1 : 아, 아뇨. 하지만 제국 귀족이라고 해도 변경 귀족, 사교계도 모르는 시골뜨기라고…….

미아 : 들리지 않은 겁니까?

귀족의 딸1&2&3 : !

미아 : 저는 모든 국민에게 빠짐없이 총애를 내리고 있습니다. 설령 최하층인 노예라고 해도 제 총애에서 제외되는 일은 없죠. 저는 제국의 국민이라면 그 누구라 한들 무례한 대우를 받는 걸 간과할 마음이 없습니다.

SE 거리의 소음이 멀어진다

□ **돌아와서 현재**

SE 사각사각 흔들리는 나무

티오나 : 그때 따뜻하면서도 자상하게 웃고 계셨던 미아 님의 모습…… 지금도 제 가슴에 깊이 새겨져 있습니다.

미아 : (땀) 자상한 미소…… 티오나 양에게는 그렇게 보였던 거군요…….

티오나 : 그리고 어느새 눈물이 제 뺨을 타고 흘렀죠.

라피나 : 미아 님은 그런 티오나 양에게 손수건을 내밀었다면서?

미아 : 잘 알고 계시네요.

라피나 : 그야 나는 그때 이야기를 소문으로 듣고 미아 님을 꼭 만나보고 싶어졌는걸.

후후 웃는 라피나

그때——

시온 : 그때 일은 선명하게 기억하지.

SE 다가오는 시온&키스우드의 발소리

시온 : 평안하십니까, 미아. 축하해.

키스우드 : 축하드립니다.

미아 : 고마워요. 시온, 키스우드 씨. 시온, 선명하게 기억하고 있다뇨? 무엇을요?

시온 : (일부러 익살스럽게) 어라? 다들 미아 황녀 전하의 무용담을 이야기하고 있었던 거 아니야?

클로에&티오나 : (즉답으로) 맞습니다!

미아 : 아니, 무용담이라니…….

시온 : 티오나를 구하러 과감하게 달려간 그때의 모습은 용맹하다는 말로밖에 설명할 수 없었지. 그렇게 다른 사람의 고통에 가까이 다가가 자기 일처럼 화낼 수 있는 사람이 있구나, 하면서 진심으로 감탄했고 그때 이미 제국의 예지라고 칭송받던 미아였지만 그것만이 아니고. 정의를 사랑하는 눈 부신 마음에 충격받았어.

아벨 : 모두 안녕. 즐거워 보이네.

SE 다가오는 아벨

미아 : 아벨!

아벨 : 루드비히 경에게서 모두 모여 점심을 먹는다고 들었거든. 만약 괜찮다면 나도 함께할 수 있을까?

미아 : 물론이죠!

아벨 : 고마워. (싱긋) 그래서? 대체 무슨 이야기로 그렇게 분위기가 좋았던 거야?

라피나 : 미아 님과 다른 사람들 사이의 추억을 이야기하고 있었지.

시온 : 아벨, 네 이야기도 들려주지 않겠어?

아벨 : 내 이야기?

티오나 : 듣고 싶어요!

리오라 : 토끼, 통구이, 먹으면서.

아벨 : (땀을 삐질삐질) 고, 고마워…….

라피나 : 미아 님의 말 중에 무언가 인상적인 게 있었어?

아벨 : 글쎄. (생각하며) ……입학 기념 무도회에서 있었던 일은 지금도 자주 꿈을 꿔.

희미하게 들리는 댄스 음악

아벨 : 설마 대국 티어문 제국의 황녀와 댄스 파트너가 될 줄은 생각지도 못했지. 그런데다 눈앞에 나타난 미아 황녀는 마치 달의 여신처럼 아름다워서, 내 심장 소리가 모두에게 들리는 게 아

닐지 조마조마했다니까.

아벨 : 그래서 나는 무척 들떠있었어. 그 탓에 미아가 나에게 맞춰서 춤 수준을 낮춰주고 있었다는 걸 깨닫는 게 늦어지고 말았지.

□ 【추억 이야기】 무도회장

웅성웅성 무도회에 참석한 학생들의 목소리
댄스 음악

여학생1 : ……뭐야, 실컷 눈에 띄어 놓고 춤은 별것 아니네.
여학생2 : ……뭐, 대국의 황녀님이라고 해도 어린아이니까 어쩔 수 없지 않을까요.

미아 : 좋아요, 아벨 왕자님. 스텝이 참 뛰어나시네요.
아벨 : (수심에 잠겨서) …….

댄스 음악이 끝난다

미아 : (우홋 웃으며) 멋진 시간이었어요.
아벨 : ……미아 황녀, 이쪽으로.
미아 : 네? 아벨 왕자님? 어디로 가시는 거죠?

SE 미아를 데리고 시온에게 향하는 아벨
SE 시온 앞에서 멈추는 발소리

아벨 : 시온 왕자.

시온 : 아, 아벨 왕자. 무슨 일이지?

아벨 : 부탁이 있어. 나는 조금 피곤해졌거든. 잠시 쉬고 싶은데, 그동안 황녀의 파트너를 부탁할 수 있을까?

미아 : 아벨 왕자님?!

시온 : ……그래. 확실히 미아 황녀와 춤을 춰 보고 싶었지. 좋은 기회이니 한 곡 부탁할 수 있을까?

미아 : 네?!

아벨 : 마실 것을 가져올게.

미아 : ……그래요. 그럼 한 곡만.

시작되는 다음 댄스 음악

SE 탁! 기분 좋게 울리는 미아의 스텝 소리

미아&시온의 수준 높은 춤에 웅성거리는 학생들

여학생3 : 저기를 봐, 미아 전하와 시온 왕자님의 댄스!

여학생4 : 멋지세요, 시온 왕자님.

여학생5 : 어쩜 저렇게 우아하고 아름답게 리드하실까……!

여학생3 : 시온 왕자님의 리드만 뛰어난 게 아니에요. 미아 전하도 조금 전과는 완전히 달라져서…….

아벨 : ……다음에는 절대…… 양보하지 않을 거다.

SE 발걸음을 돌리는 아벨의 발소리

시온 : 얌전한 황녀님인 줄 알았는데, 의외로 말괄량이로군.

미아 : (짜증 내면서) …….

시온 : 어때? 미아 황녀. 다음은 잔잔한 곡으로도 함께 춰 보고 싶은데…….

미아 : 아뇨, 사양하겠습니다. 시온 왕자님, 당신에게는 더 어울리는 분이 계시지 않을까요?

시온 : 어……?

댄스 음악이 페이드아웃──

▢ 바 카운터

미아 : 아벨 왕자님!

아벨 : 왔구나, 미아 황녀. 근사한 댄스였어.

미아 : (수줍게 웃으며) 어머나, 감사합니다.

아벨 : 괜찮다면 마셔. 시원해.

미아 : 크라운베리 주스로군요. 잘 마시겠습니다.

아벨 : 그건 그렇고⋯⋯ 못 당하겠는데.

미아 : 무슨 말씀이세요?

아벨 : 시온 왕자 말이야. 아쉽게도 나는 네 매력을 그 정도로 끌어내지는 못하니까.

미아 : (들은 뒤에) ⋯⋯당신은 다정하고 멋진 분이에요, 아벨 왕자님.

아벨 : 어?

미아 : 이거 감사합니다. 시원해서 무척 맛있어요. 댄스의 움직임이 격렬한 걸 보고 잔을 바꾸러 가셨죠?

아벨 : (봤었나, 하고 놀라며) ⋯⋯.

미아 : 아벨 왕자님, 부디 스스로를 비하하지 마세요. 당신은 아주 멋진 사람이에요.

아벨 : 미아 황녀⋯⋯.

SE 샤라라라⋯⋯ 아벨, 심장을 붙들리며 감동한 소리

아벨 : 하지만 가능하다면 나는 댄스로도 시온 왕자에게 지고 싶지 않은데⋯⋯.

미아 : 그렇다면 제가 연습을 봐 드릴게요. 엄하게 가르칠 테니 단단히 각오하세요.

□ 돌아와서 현재, 안뜰

SE 사각사각 흔들리는 나무

안느 : 하아아아……. 너무 멋진 추억이라서 가슴이, 가슴이…….

시온 : 이런……. 나를 찬 뒤에 그렇게 러브러브한 시간을 보내고 있었을 줄이야.

미아 : (부끄러워하며) 러, 러브러브한 건 아니에요!

키스우드 : 뭐, 그 러브러브 뒤에서 큰일이 일어났었지만 말이죠.

리오라 : 티오나 님, 큰일, 겪었어요.

안느 : (퍼뜩 정신을 차리고) 그랬죠…….

시온 : 제국 귀족의 사용인들이 별 관찰 교실 최상층에 감금했었지.

티오나 : 네. 제국 귀족 수치가 될 테니까 무도회엔 가지 말라면서, 드레스를 찢어버리고는…….

미아 : 파티 다음 날에 안느의 보고를 들었을 때도 소름이 돋았지만…… 지금 들어도 정말 끔찍해요. (한숨)

리오라 : 하지만, 안느 덕분에, 티오나 님, 파티에 갔어요.

티오나 : 드레스도 화장도 멋지게 치장해주었으니까. 정말로 고마워, 안느 양.

안느 : 아뇨, 천만에요. 저는 그냥 '미아 님의 분신'으로서 사명

을 다한 것뿐이니까요.

　라피나 : (생글생글) 무척 큰 사건이었지만…… 면회하러 왔던 미아 님은 훌륭한 태도였지.

□ 【추억 이야기】 식당

SE 달그락달그락 나이프&포크로 식사하는 소리

　라피나 : 이렇게 식사를 함께하는 건 처음이네요, 미아 황녀.

　미아 : (조용히) …….

　라피나 : 미아 황녀?

　미아 : (머리를 숙이고) 라피나 님…… 이번 일은 정말로 면목이 없습니다.

　라피나 : 얼굴 드세요. 미아 황녀. 딱히 당신이 저지른 일은 아니잖아요?

　미아 : 아뇨, 제국 귀족이 저지른 일은 황녀인 제 책임입니다.

　라피나 : 그래서, 처분은 어떻게 하셨죠?

　미아 : 네, 직접 관여한 종자는 본국에 귀환시켰습니다. 주인인 학생들은 관여 여부가 분명하지 않았기 때문에 근신하도록 했습니다.

　라피나 : 그건…… (스윽 시선이 차가워지면서) 조금 가벼운 처분이 아닐까요?

　라피나 : 미아 황녀, 당신은 무척 자비로운 분인 모양이군요.

미아 : 으…….

말이 나오지 않아서 침묵하는 미아

조용──

그때 황월 토마토가 들어간 수프를 가져오는 메이드

메이드 : 실례합니다. 황월 토마토 수프입니다.

SE 달칵, 미아의 눈앞에 놓이는 수프 그릇

미아 : (중얼거리며) ……황월 토마토를 맛이 없다며 남기는 행동이 죄임을 깨달은 것은 먹을 것이 없어진 뒤…….
라피나 : (미아의 말을 듣고 흠칫)

짧은 침묵──

라피나 : 즉, 나쁜 짓을 하는 건 그게 나쁘다는 걸 모르기 때문이라는 뜻인 건가요?
미아 : ……네?
라피나 : 큰 피해도 없었으니 피해자 배려라는 관점에서도 좋죠. 그렇군요, 그걸 내다보고 심복인 안느 양을 보낸 거군요…….

미아 : 아……. (전혀 아니야!)

라피나 : 벌에는 두 가지 측면이 있죠. 하나는 피해자의 마음을 달래주기 위해. 또 하나는 가해자에게 반성을 촉구하기 위해. 그리고 이번 케이스는 안느 양의 활약으로 인해 피해는 경미한 정도에서 끝났고……. 그렇다면 가해자 측에 반성을 촉구하고 성장하길 기대하는 것……. 확실히 그게 더 배움터에 어울리는 방식일지도 모르겠군요.

미아 : 바로 그렇습니다!

SE 샤라라라…… 라피나, 심장을 붙들리며 감동한 소리

라피나 : 미아 황녀…… 아니, 미아 님. 악인에게도 갱생의 기회를 주는 그 자비로움은 제게는 없는 것입니다. 역시 제국의 예지, 감동했어요.

미아 : (당황하며) 후, 후후…….

라피나 : 저기, 저와 친구가 되어주시겠어요?

☐ **돌아와서 현재**

SE 사각사각 흔들리는 나무

라피나 : 그날 그때 나와 미아 님의 친구 역사가 시작되었지.

미아 : (아득한 눈빛으로) 라피나 님의 갑작스러운 제안에……

저는 정말로 놀랐다니까요….

　안느 : 미아 님, 오늘도 황월 토마토 수프를 준비했습니다! 그리고…….

SE 달그락달그락 샌드위치 접시를 가져오는 메이드

　안느 : 메인은 스페셜 메뉴, 티어문 샌드위치입니다! 자 여러분, 즐겨주세요!

SE 테이블에 놓이는 접시

　키스우드 : 샌드위치라……. 샌드위치하면…….

　미아 : 만들었었죠…… 모두 함께……. 그건 여름방학을 앞둔 마지막 주였어요…….

● 트랙3

□ 【추억 이야기】 학원 식당

SE 수업 종이 울린다.

의자에 앉아 엑스트라 귀족 영애와 점심을 먹는 중인 미아

미아 : 검술대회요?

엑스트라 귀족 영애 : 네. 그 검술대회에는 자신이 좋아하는 남성을 위해 도시락을 준비하는 게 관례라고 하더라고요.

미아 : 그래요…… 그랬군요.

SE 덜컹, 의자에서 일어나는 미아

엑스트라 귀족 영애 : 미아 황녀 님? 어디에 가시나요?

미아 : 사전에 약속을 잡으러 가야겠어요.

엑스트라 귀족 영애 : 네?

미아 : 이 시간이면 아마 승마부에 계실 테니까……!

□ 승마부

SE 따그닥따그닥 말이 달리는 소리

미아 : 아벨 왕자님.

아벨 : 아, 미아 황녀. 지금부터 승마 연습이야?

미아 : 앗, 아뇨. 오늘은…… 저, 아벨 왕자님. 그, 검술대회 당일, 말인데요…….

아벨 : 응? 왜 그래?

미아 : 그게……, 이번에 검술대회가 있잖아요?

아벨 : 그렇지.

미아 : 그날 점심 도시락 약속을, 잡은 분이 계신가요?

아벨 : 아니, 딱히 없는데…….

미아 : (안도하며) 그거 다행이네요. 그렇다면 아벨 왕자님, 점심 도시락을 제가 준비하게 해주시겠어요?

아벨 : 어? 나를 위해……?

미아 : 네. 아벨 왕자님이 이길 수 있도록 최선을 다한 도시락을 준비하겠습니다.

SE 따그닥따그닥 말이 달리는 소리

미아의 내레이션 : 그렇게 아벨 왕자님과 사전 약속을 잡은 저는 눈치채지 못했죠. 도시락을 주문하려고 했던 건 섬에서 가장 인기가 많은 가게. 이 시점에서 주문 예약 접수는 마감되었다는 것을…….

미아의 내레이션 : 그래서 안느에게 지혜를 빌리려고 부탁했는데….

안느 : 이 안느, 사정은 전부 이해했습니다.

미아 : (울면서) 저는, 대체 어떻게 해야 하는 거죠?!

안느 : ……방법은 하나밖에 없습니다.

미아 : 하나?

안느 : 만들죠.

미아 : (어리둥절) ……네?

안느 : 저도 도와드릴 테니까 미아 님께서 직접 아벨 왕자님의 도시락을 만드는 거예요.

미아 : 동요하며) 마, 만든다고요? 제가요?

안느 : 네. 아마 모르실 테지만, 평민 사이에는 남편을 위해 아내가 만드는 도시락을 '아내의 손맛'이라고 부르면서 기뻐하는 관습이 있습니다. 남성은 여성이 요리를 만들어주면 기뻐하는 법이 거든요.

미아 : 그, 그런 거로군요. 참고로 안느……, 안느는 요리를 잘하나요?

안느 : …………빵 정도라면 구워본 적이 있습니다.

미아의 내레이션 : 안느의 대답에 일말의 불안을 느낀 저는 도우미를 모으기 시작했는데요.

클로에 : 네? 요리…… 말인가요?

미아 : 네, 요리요!

클로에 : (생글생글) 네, 압니다. 읽은 적이 있어요.

미아 : 안다…….

클로에 : 네.

미아 : 읽은 적이, 있다…….

클로에 : 네!

미아의 내레이션 : 클로에의 대답에서 은은하게 위험한 향기를 감지하고 만 저는 다른 도우미를 더 모으기 위해 노력했어요. 노력했지만…….

미아 : ……딱히 마땅한 사람이 없어요!

SE 쿠궁!

안느 : 미아 님!

미아 : 안느!

안느 : 찾았습니다, 미아 님. 요리할 수 있는 사람.

미아 : 정말인가요?! 안느가 아는 사람 중에 요리할 수 있는 사람이라니…….

잠시 생각한 뒤

미아 : 아, 혹시 리오라 양 말인가요?

안느 : 앗, 아뇨. 그게……. 리오라 씨는 사냥한 토끼를 그 자리에서 해체하거나 통구이로 굽는 건 특기라고 하지만요…….

미아 : (땀) 와, 와일드하네요…….

안느 : 그래서 리오라 씨가 아니라 티오나 님께서 요리를 잘한다고 하셨습니다.

미아 : 티, 티오나 양…… 말인가요?

안느 : 네. 듣기로는 가끔 집에서 부엌일을 도왔다고…….

미아 : 으으, 어, 어쩔 수 없네요……. 티오나 양에게 부탁하러 가겠어요.

SE 달리는 미아의 발소리

티오나 : 요리 말인가요?

미아 : 네, 티오나 양은 요리가 특기라고 들었거든요. 사실인가요?

티오나 : 네, 그렇죠. 늘 채소를 썰었으니까요. 채썰기 같은 건 자신 있습니다.

미아 : ……그것 말고는요?

티오나 : 다지기도 잘합니다.

미아 : (살짝 불안해서) ……다지기…….

티오나 : 네.

미아 : (한층 불안해서) ······.

티오나 : 미아 님? 무슨 생각을 그렇게 하시나요?

미아 : 아, 아뇨, 아무것도 아니에요! 의지해야죠. 의지할 수밖에 없어요.

티오나 : (잘 이해하지 못하고) 네?

미아 : 티오나 양, 사실 저는 검술대회 때 아벨 왕자님에게 도시락을 만들어 드리려고 하는데요······. 당신도 같이 어떠신가요?

티오나 : 네? 하지만······, 저 같은 게 황녀님과 함께하는 건······. 게다가 저는 줄 사람이 아무도 없고······.

미아 : 그렇다면 그 녀석······ (퍼뜩 정신을 차리고 헛기침) 크흠! ······으음, 시온 왕자님께 드릴 걸 만드는 건 어떠신가요?

티오나 : (듣고 난 뒤) ······시온 왕자님에게······.

미아의 내레이션 : 그렇게 저, 클로에 양, 그리고 티오나 양 세 명이 아벨 왕자님과 시온 왕자님에게 직접 만든 도시락을 드리기로 했답니다.

□ 조리실

SE 쿠웅! 철썩! 처억! 거대한 빵 반죽을 주무르는 소리

키스우드 : 미아 황녀 전하······.

미아 : 어머나, 키스우드 씨. 평안하셨나요.

키스우드 : 평안하셨습니까…….

미아 : 어쩐 일인가요? 조리실에 오시다니.

키스우드 : 어쩐 일이긴요……. 루돌폰 백작 영애에게 시온 전하에게 도시락을 준비한다는 이야기를 듣고…… 조금, 살펴보러…….

미아 : 그랬군요.

키스우드 : 그래서 그…… 지금은 대체 뭘 하시는 겁니까?

미아 : 도시락 만들기 예행연습이에요.

SE 쿠웅! 철썩! 처억! 거대한 빵 반죽을 주무르는 소리

키스우드 : 그렇군요……. 그래서, 그 손안에서 부모의 원수처럼 짓이겨지고 있는 건…….

미아 : 빵 반죽이랍니다!

키스우드 : 빵 반죽…….

미아 : 네, 게다가 눈치챘겠지만 말 모양 빵이에요. 아벨 왕자님께선 승마부에 들어가셨을 정도로 말을 좋아하시니까요. 분명 기뻐하실 거예요.

키스우드 : 그렇군요, 확실히 상대방을 생각하며 요리하는 건 기본이죠.

미아 : 그렇죠?

키스우드 : 하지만 미아 황녀 전하, 이 빵에는 치명적인 결함이

있습니다. 안느 양, 설명을.

안느 : 네. 미아 님, 말이라면 조금 더, 여기, 귀 부분이요…….

키스우드 : 아닙니다. 이렇게 크고 두꺼우면 반죽 안쪽까지 구워지지 않는다고요. 무슨 수로 망아지만 한 빵을 구울 생각이십니까. 좀 더 작고 납작하게 만드세요. 이렇게 찢어서…….

SE 빵을 찢어서 꽉 짓누르는 키스우드

미아 : 아앗! 제 말 빵이!

키스우드 : (무시하고) 이 정도 두께로 하시면 됩니다. 아셨죠! 미아 황녀 전하.

미아 : (불만) …………

키스우드 : 아. 셨. 죠?!

미아 : ……하아, 어쩔 수 없군요. 이 정도로 찢어서…… 이렇게!

SE 빵을 찢어서 꽉 짓누르는 키스우드

키스우드 : 네, 그렇게 하시면 됩니다.

티오나 : 키스우드 씨, 제 채소는 어떤가요?

키스우드 : 아, 루돌폰 백작 영애……. 채소를 써는 게 특기라 하셨죠.

티오나 : 네! 얼마든지 썰 수 있어요!

SE 통통통! 채소를 써는 티오나

키스우드 : 하지만……, 시온 전하도 아벨 왕자님도 초식동물이 아니므로 채소 샐러드만 그렇게 잔뜩 드시진 못할 겁니다.
티오나 : 네? 그런가요?

SE 통통통! 채소를 써는 티오나

티오나 : 이미 커다란 그릇 네 개에 가득 쌓일 정도가 되었으니까, 이쯤에서…….

그때
SE 벌컥! 열리는 문

리오라 : 여기, 와 주세요.
키스우드 : 어……?

SE 타닥타닥…… 모닥불 소리

키스우드 : 저건 모닥불? 왜 안뜰에 모닥불이…….

"고기, 닭, 구웠어요."

SE 지글지글 육즙 소리

키스우드 : ……무척 맛있게 구웠네, 리오라 양.

리오라 : 조금, 탔어.

키스우드 : 아니, 이 정도는 괜찮아. 여기에 요리를 줄 사람을 조금 더 고려해주면 참 좋겠는데 말이야…….

리오라 : 응?

키스우드 : ……조리실에는 오븐도 있는걸. 굳이 숯불구이로 고기를 굽지 않아도 되지 않을까.

클로에 : 맞아요, 리오라 씨. 왕자님께서 드실 거잖아요.

키스우드 : (상식적인 사람이 왔다고 안도하며) 클로에 양.

클로에 : 여기, 이 책에 의하면…….

SE 책을 넘기면서

클로에 : 재료 본연의 맛을 살리기 위해서는 날고기가…….

키스우드 : (즉각) 절대 안 됩니다. 멈추세요.

클로에 : 네? 하지만 말의 간을 회 떠서 먹으면 맛있대요. 게다가 승마부 소속이신 아벨 왕자님께는 말 요리가 좋을 것 같아서…….

키스우드 : 우선 내장 회는 전문 가게에 가서 먹는 법입니다. 게다가 미아 황녀 전하와 같은 논리로 말 요리 같은 말씀은 하지 말아주세요. 승마부에 소속되신 분께 말고기를 주는 건 괴롭히는

겁니다. 말 모양의 빵과는 차원이 다른 괴롭힘이니까요!

클로에 : 하지만 이 책에 그렇게 적혀있었는데…….

키스우드 : 그 책은 무슨 책입니까?!

클로에 : '비경의 독특한 맛'.

키스우드 : (아연해서) …………. (작은 목소리로 중얼중얼) 이거 큰일인데. 늦기 전에 어떻게든…….

키스우드 : (큰 한숨) 후~~~~~~~~~~~~~~~…….

정신을 차리고

키스우드 : (위엄있는 목소리로) 황녀님과 숙녀 여러분. 지금부터 제가 하는 말을 잘 들어주십시오.

미아 : 키스우드 씨?

키스우드 : 도시락을 만드는 당일엔 제 지시에 복종…… 따라주시기 바랍니다.

티오나 : 키스우드 씨는 요리를 잘하시나요?

키스우드 : 네. 아마도 여러분보다는.

리오라 : 와아.

클로에 : 어떤 책으로 배우셨어요?

미아 : 어? 요리를 할 줄 알게 되는 책이 있는 건가요?

클로에 : 물론 있죠. 예를 들면 이 '비경의……'.

키스우드 : (말을 가로막고) 당일 메뉴는 간단한 샌드위치로 합

니다. 아셨죠?

미아 : 네? 더 정성이 들어간 요리가⋯⋯.

키스우드 : 아. 셨. 죠?!

미아 : 히익! 아, 아, 알겠습니다.

키스우드 : (중얼거리며) 절대 물러날 수 없는 전장에 발을 들여놓고 말았어⋯⋯.

미아의 내레이션 : 이렇게 키스우드 씨라는 든든한 도우미가 도와주시게 되었죠. 그리고 검술대회 이틀 전. 저는 아벨 왕자님에게 사정을 설명하러 갔습니다.

ㅁ **호수로 가는 길**

아벨의 말을 탄 미아

SE 따그닥따그닥 말이 달리는 소리

아벨 : 그래, 수제 도시락을 나와 시온 왕자에게⋯⋯.

미아 : 죄송합니다, 아벨 왕자님. 사실은 최고급 가게에서 주문했어야 했는데⋯⋯.

아벨 : 아니, 괜찮아. 괜찮은 정도가 아니라 오히려 기뻐.

미아 : 기쁘다고요?

아벨 : 그래. 어머니가 이따금 만들어주셨거든.

미아 : (깜짝 놀라며) 네……?

아벨 : 내 조국 렘노 왕국에서는 여성이 가족을 위해 음식을 만드는 건 드문 일이 아니야.

미아 : 아, 들어본 적은 있어요.

아벨 : 확실히 전문 요리사가 만드는 것보다 덜 맛있을지도 모르지만, 그래도 어머니나 누님이 열심히 만들어주셨다는 것만으로도 기뻤어.

미아 : 그랬, 군요…….

아벨 : 미아 황녀가 만드는 도시락…… 기대할게.

미아 : (땀) …….

SE 따그닥따그닥 말이 달리는 소리

아벨 : 저기 봐.

미아 : 엇.

아벨 : 호수에 도착했어.

SE 반짝반짝…… 햇빛을 반사하는 호수면

미아 : 와…….

SE 잔잔한 물결 소리

미아 : 이렇게 멋진 곳이 있다니, 몰랐어요…….
아벨 : 그래? 마음에 들었다니 다행이야.

SE 훌쩍 말에서 내리는 아벨의 소리

아벨 : 손을…….
미아 : 네, 네에.
아벨 : 질척거리는 장소가 있어. 발밑을 조심해.

SE 탁, 아벨의 손을 잡고 말에서 내리는 미아

아벨 : 하지만 조금 아쉽긴 해.
미아 : 뭐가 아쉽다는 거죠?
아벨 : 아니, 미아 황녀의 도시락을 독점하지 못하는 게…….
미아 : ……네?

SE 두근, 크게 뛰는 미아의 심장

미아 : (두근두근) …….
아벨 : 왜 그래?
미아 : (두근!) 네?
아벨 : 조금 피곤해?

미아 : 아, 네, 마, 마마, 맞아요.

아벨 : 그렇다면 이리로.

SE 아벨&미아의 발소리, 나무 그늘로 이동

아벨 : 잠시 그늘에 앉아서 쉬도록 해.

미아 : 감사합니다.

아벨 : 검술 연습을 보기만 하는 건 지루할 테니까, 회복하고 나면 먼저 돌아가.

미아 : 네…….

SE 검을 휘두르기 시작하는 아벨

아벨 : (검을 휘두르며) 헉, 헉…….

미아 : ……제법 열심히 연습하고 계시는군요. 손바닥도 단단 해졌고…….

아벨 : (검을 휘두르며) 하하, 이렇게 필사적으로 검을 휘두른 적은 지금까지 한 번도 없었어. 어떻게든 이기고 싶은 사람이 있 거든.

짧은 침묵──

아벨 : 그래서, 그래. 도시락. 아쉽지만, 조금 안심하기도 했어.

미아 : ……네?

아벨 : 아니, 나만 미아 황녀의 도시락을 먹으면 그 도시락 덕분에 시온 왕자를 이겼다는 말을 들을지도 모르니까.

짧은 침묵——

미아 : ……흐어?

SE 잔잔한 물결 소리가 페이드아웃——

□ **조리실(검술대회 아침)**

키스우드 : 자 여러분…… 준비는 다 되셨습니까.

미아&리오라& : 네!

키스우드 : 그럼 리오라 양은 예정대로 저기 있는 오븐에 고기를 구워. 평소 하던 것과는 조금 다르지만, 불 조절은 오히려 더 쉬울 거야.

네. 알았어요.

SE 닭고기를 다듬는 소리

리오라 : 깃털을 뜯고…… 내장 처리, 어어, 소금하고 향초, 향신료…… 그리고 굽기…… 불…….

키스우드 : 오븐!

리오라 : 오븐에…… 얍!

SE 철퍽, 오븐 안으로 던져진 닭고기

키스우드 : (듣고서 땀) 철퍽이라니…… 뭐 됐어. 구우면, 불로 굽기만 하면…….

키스우드 : 고기는 모양이 이상해도 괜찮아. 다음은…….

티오나 : 키스우드 씨.

SE 타탓 티오나가 키스우드에게 다가오는 발소리

티오나 : 채소는 이런 느낌이면 될까요?

키스우드 : 좋습니다. 역시 루돌폰 백작 영애시군요.

티오나 : (기쁘게 웃으며) 다행이다.

미아 : 빵도 이제 굽기 시작해도 괜찮을까요?

키스우드 : (말 모양 빵 반죽을 보고) 그건…….

미아 : 제대로 안쪽까지 구워질 수 있도록 납작하게 만들었고, 크기도 지난번의 반 이하예요.

키스우드 : 하지만, 네모가, 아니군요. 그건 말…… 이죠?

미아 : 네, 말입니다!

키스우드 : 몸통 부분도 묘하게 사실적이군요.

미아 : 네, 날씬하게 쭉 뻗어서 멋있죠? 그게 왜요?

키스우드 : ……그런 형태로 어떻게 속을 채워 넣을……, …… 아니. 아무것도 아닙니다.

마음을 다잡고

키스우드 : 포크로드 양, 미안하지만 안느 씨와 함께 화이트소 스를 만들어주겠어? 재료는…….

클로에 : 아, 괜찮습니다. 읽은 적 있으니까요. 안느 씨, 지금 부터 말하는 걸 준비해주실래요?

안느 : 네, 맡겨주세요!

미아 : 화이트소스요?

키스우드 : 네. 소스를 접착제 대신 바르고 그 위에 채소, 또 그 위에 한 번 더 소스를 바른 다음 고기를 끼우는 겁니다.

미아 : 어머나, 맛있겠네요!

키스우드 : 그렇게 하면 안에 끼운 고기와 채소가 빠져나가지 않을 테니까요.

미아 : (어리둥절) 빠져나갈 가능성이 있는 건가요?

키스우드 : ………빵의 모양에 따라서는 그럴 가능성이 큽니다.

미아 : 샌드위치는 어려운 요리로군요.

SE 오븐에 빵이 다 구워진 소리

키스우드 : 좋아, 완성…….

미아 : 감사합니다, 키스우드 씨. 덕분에 살았어요.

키스우드 : 과분한 말씀입니다. 시온 전하께 전달해드리겠습니다.

미아 : 아뇨, 시온 왕자님이 아닙니다. 당신에게 고마워하는 거예요, 키스우드 씨.

키스우드 : (깜짝) 저, 에게……?

미아 : 당신 덕분에 이렇게 도시락을 만들 수 있었는걸요.

SE 샤라라라…… 키스우드, 심장을 붙들리며 감동한 소리

미아 : 그러면 여러분, 이제 검술대회장으로! 가죠!

티오나&클로에&리오라&안느 : 네.

● 트랙4

□ **교정에 설치된 특설 경기장 주변**

클로에 : 활기가 대단하네요, 미아 님.

미아 : 마을이 통째로 학원 안으로 이동한 것 같아요.

안느 : 미아 님, 사 왔습니다!

미아 : 고마워요, 안느. 어머나, 맛있어 보이네요.

클로에 : 이 요리의 이름은 뭐죠?

미아 : 전혀 모르겠네요. 하지만 맛있어 보이니까 괜찮겠죠.

클로에 : 그렇네요.

미아&클로에&안느 : 잘 먹겠습니다……!

한 입에 넣는 미아&클로에&안느

미아&클로에&안느 : (우물우물) ……으으음!

클로에 : 뭔지 모르겠지만 아주 맛있어요.

미아 : 네. 뭔지 모르겠지만 아주 맛있네요. 이 위에 있는 빨간 건 뭐죠? 잘 먹겠습니다.

한 입에 넣는 미아

미아 : 어, 어라…… 어쩐지 콧속이, 뜨겁고…… 눈물도 멋대로…….

클로에 : (흠칫 놀라며) 미아 님! 그, 그거 홍겨자예요. 엄청 맵다고요!

미아 : 네? 앗, 매, 매워! 매워요!

안느 : 괜찮으세요?! 미아 님!

클로에 : 입에서 뱉으세요, 어서!

미아 : 흐으으으, 코가 얼얼해요! 무, 물, 물 좀, 누가…….

아벨 : 자, 이 물을 마셔.

SE 찰랑, 수통 속 물소리

미아 : 잘 마시겠습니다! (수통의 물을 단숨에 마시고) ……푸하…… 하아~……, 살았네요. 감사합니다.

아벨 : 아니, 도움이 되어서 다행이야.

미아 : 아, 아벨 왕자님!

아벨 : (피식 웃는다)

미아 : 죄송합니다. 혹시 이거 시합 중에 마시려던 것이었나요? 바로 다른 걸 사서…….

아벨 : 괜찮아. 아직 반 넘게 남았잖아.

미아 : 네? 하지만 저기…… 그건 지금 막 제가 입을 댔던 건데…… 어? 그걸 그대로 마시면……. (작은 목소리로) 간접 키…….

아벨 : 왜 그래? 미아 황녀, 어쩐지 얼굴이 빨개. 조금 열이 있

는 거 아니야?

미아 : 두근! 꽤, 꽤꽤꽤, 괜찮습니다. 문제없어요. 그그그그보다 아벨 왕자님, 첫 시합 상대는…….

게인 : 어라? 이것 참.

SE 저벽, 게인 렘노(아벨의 형)이 다가오는 발소리

게인 : 미아 황녀 전하 아니십니까?

미아 : 당신은…… 아벨 왕자님의 형님이셨죠.

게인 : 하하, 기억해주시다니 영광입니다. 미아 황녀 전하. 그런데, 듣자 하니 제 동생을 위해 도시락을 만드셨다고 하던데요.

미아 : 네, 팔을 걷어붙이고 만들었습니다.

게인 : 크큭, 저런. 뭐라고 해야 하나……. 안타깝군요.

미아 : 네? 무슨 말씀이죠?

게인 : 아뇨, 아벨의 첫 시합 상대는 바로 저이기 때문입니다. 후후후, 즉 이 녀석은 첫 시합에 탈락. 지고 난 뒤에 먹는 도시락의 맛은, 크큭, 분명 맛있겠죠. 딱 좋은 위로가 될 것 같습니다.

미아 : (들으면서) …….

게인 : 그건 그렇고 설마 정말 동생을 좋아하시다니, 제국의 예지라고 해도 어차피 어린아이. 보는 눈이 없군요.

아벨 : (조금 당황하며) 형님, 미아 황녀에게 무례한 말씀은 삼가십시오.

게인 : (히죽히죽 웃으며) 어라? 왜 그러십니까 미아 황녀 전하.

아벨의 뒤에 숨으시다니.

　아벨 : 어……? 미아 황녀, 어디 아프기라도….

　미아 : 아벨 왕자님.

　아벨 : !

　미아 : 꼭 이기세요. 아벨 왕자님.

　아벨 왕자 : 미아 황녀…….

　미아 : 이긴 뒤에 먹는 도시락이 훨씬 맛있을 거예요.

SE 샤라라라…… 아벨, 심장을 붙들리며 감동한 소리

　아벨 : 그래……, 그렇지. (피식 웃으며) 맞아, 그 말대로야.

　□ **특설 경기장**

　심판 : 그럼 예선 제7회전을 시작합니다.

SE 관객의 환호성!

　심판 : 아벨 렘노, 게인 렘노, 투기장 위에 올라와 주세요.

SE 더욱 커지는 관객의 환호성!

　아벨 : (작게 숨을 내쉬고)

게인 : 그럼 얼마나 성장했는지 내가 시험해주마. 동생아.

SE 게인&아벨이 검을 빼 드는 소리

심판 : 준비…… 시작!!

게인 : (파고들며) 핫……!
아벨 : 큭…….

SE 게인의 묵직한 베기 공격을 받고 삐걱거리는 아벨의 검

게인 : 흥, 뭐 이 정도겠지. 너 같은 녀석은.
아벨 : (이를 악물며) 윽……. (중얼거리며) 역시 강해.
게인 : 하아압!
아벨 : 흡!

SE 게인&아벨의 검이 부딪치는 소리

아벨 : 큭!
게인 : 핫!

SE 카앙! 까가가각……

검과 검을 맞대고 힘겨루기를 하는 게인&아벨

아벨 : (밀리면서) 크, 윽…….

게인 : 그래도 좋은 여자를 낚았구나. 아벨.

아벨 : 어?

게인 : 약한 주제에 제국의 황녀를 함락시키다니. 아바마마도 필시 기뻐해 주실 거다. (저열한 미소를 지으며) 그건 그렇고 오늘은 제법 얌전했지? 제국의 예지라고 해도 어차피 꼬맹이. 조금 협박하면 얌전해질 줄은 알았지만 예상했던 대로야.

아벨 : 그건…….

게인 : (말을 가로막고) 만약 아벨과 결혼하게 된다면 우리나라로 불러주마. 1주일 정도 머무르게 하고, 그동안 내가 단단히 교육해놓도록 하지.

아벨 : 교육……?

게인 : 어차피 조금 따끔한 맛을 보여주면 얌전해질 거다.

SE 쿵……! 아벨의 심장 소리

아벨 : 무, 슨…….

게인 : 그게 장차 너도 편할 테고 말이다. 제국도 뜻대로…….

SE 쿵……! 아벨의 심장 소리

아벨 : (지극히 냉정하게) 형님.

게인 : 음?

아벨 : 저에 대해선 뭐라 말씀하시든 상관없습니다. 자유롭게 하시죠. 하지만.

SE : 카앙! 검을 물리며 간격을 벌리는 아벨

아벨 : 미아 황녀를 깎아내리는 발언을 이 이상 계속한다면…….

게인 : 계속하면? 그게 뭐?

아벨 : ……. (조용히 길게 숨을 내쉬며) 후———————…….

검을 머리 위로 들어 올리는 아벨

게인 : (비웃으며) 제1식이라. 뭐, 너는 어차피 그 정도겠지.

아벨 : (숨을 들이마시고, 내쉬고) …….

SE : 쿵! 투기장 바닥을 꺼트릴 듯 아벨이 무겁게 파고드는 소리

아벨 : 이 이상 그녀를 깎아내리는 건 절대 용서 못 해!

SE 부웅! 검을 휘두르는 소리
SE 퍽!! 어깨에 박힌 게인

게인 : 허……, 으……, 끄아아아아아악!

SE : 딸그랑…… 게인의 손에서 떨어지는 검

게인 : (아파하며) 어깨가, 어깨가아아아……!
심판 : 시합 종료!

SE 커다란 환호성

환호성이 페이드아웃──

□ 시합 후 (점심시간)

미아 : 조금 전 시합, 대단하셨어요! 아벨 왕자님.
아벨 : (쑥스럽다는 듯이) 아니, 미아 황녀의 응원 덕분이야.
미아 : 그렇지 않아요. 아벨 왕자님께서 노력하신 성과예요! 그건 그렇고 참 강하시네요. 저는 전혀 몰랐어요. 이 정도면 우승도 꿈이 아니겠어요.
아벨 : 아니……, 아무리 그래도 그건 어려울 거야. 시온 왕자가 있으니까.
미아 : 괜찮습니다. 아벨 왕자님, 반드시 이길 수 있어요. 자신을 가지세요. 당신은 강합니다. 부디 그 얄미운 시온 왕자님을…….

시온 : 음? 내가 뭐 어쨌다고? 미아 황녀.

미아 : 윽?! 시온 왕자님? 어어, 어째서, 여기에…….

시온 : 루돌폰 백작 영애가 모처럼이니 미아 황녀 일행과 같이 먹는 게 어떠냐고 권해줘서 말이지.

미아 : 티오나 양이요?!

티오나 : 네! 모처럼이니까요.

리오라 : 리오라도, 있어요.

티오나 : 물론 키스우드 씨도.

미아 : (땀) ……그렇, 군요…….

시온 : 방해였을까?

미아 : 아, 아, 아뇨. 그그, 그렇지는, 않답니다.

시온 : 그러면 여기에서 같이 점심을 먹기로 할게.

미아 : 네, 오세요. (억지로 웃으며) 오호호.

티오나 : 시온 왕자님, 먼저 이걸로 손을 닦아주세요.

시온 : 고마워.

대화하는 시온 일행

미아 : ……. (다소 기분이 가라앉아서) 하아…….

아벨 : 어? 이 샌드위치, 참 특이한데?

미아 : ! 어, 어머나, 눈치채셨어요?

아벨 : 그래, 이거 말이구나.

미아 : (순식간에 기분이 좋아져서) 그렇답니다! 말이에요!

아벨 : (웃으면서) 잘 먹겠습니다.

샌드위치를 먹는 아벨

아벨 : 음, 아주 맛있어.

미아 : (기뻐하며) 마음에 드셨다니 다행이에요.

아벨 : 이 샌드위치, 참 잘 만들었네.

미아 : 에이, 그 정도는…… 그렇죠. 우후후, 괜찮으시다면 홍
차도 있는데요.

아벨 : 응. 마실게.

그때

시온 : 아벨 왕자, 잠시 괜찮을까?

SE 저벅 옆으로 오는 시온

아벨 : 어? 어어.

시온 : 늦어졌지만, 형님에게 첫 승리를 거둔 것, 축하한다.

아벨 : 아, 그걸 또 일부러……. 고마워.

시온 : 그리고 나는 네게 사과해야 해.

아벨 : ? 무슨 소리야?

시온 : 나는 영락없이 네가 질 줄 알았어. 너와 네 형님 사이의 실력 차이는 명백하다고 생각했으니까.

미아 : (듣고서 무심코 울컥하며) 어머!

아벨 : 그 견해는 옳다고 봐. 내가 이긴 건 운이 좋았기 때문이야. 시온 왕자처럼 실력으로 이겨나간 게 아니지.

미아 : (듣고서 무심코 감탄하며) 어머!

시온 : 운이라는 요소는 중요한 거야, 아벨 왕자. 나도 실력만으로 이긴 게 아니니까.

미아 : (듣고서 수긍&동의, 고개를 끄덕이며) 음, 뭐….

아벨 : 시온 왕자에게 그런 말을 듣다니 영광인데. 자랑스러워.

시온 : 여하간 다음 시합은 좋은 싸움을 하자.

클로에 : ……멋져라. 남자들의 우정, 뜨거운 악수로군요.

하지만 아벨은 시온의 손을 잡지 않고

아벨 : (침묵하며) …….

시온 : 아벨 왕자?

아벨 : ……각오해, 시온 솔 선크랜드.

시온 : 응?

아벨 : 나는, 아벨 렘노는 너에게 질 마음은 없어.

짧은 침묵──

시온 : 그래. 대환영이야, 아벨 렘노 왕자. 널 전력으로 쓰러뜨리겠노라고 맹세하지.

클로에&안느&티오나 : (뜨거운 한숨을 흘리며) 하아…….

클로에 : 가슴이 벅차요…… 좋아라.

리오라 : 응, 좋아. 고기 잘 구워졌어.

□ **특설 경기장**

심판 : 다음 시합을 시작합니다.

SE 관객의 환호성!

심판 : 시온 왕자, 아벨 왕자, 투기장에 올라와 주세요.

SE 더욱 커지는 관객의 환호성!

남학생1 : 누가 이길까?!

남학생2 : 그야 검의 천재라고 이름 높은 시온 전하겠지.

남학생3 : 아까 시합 봤잖아? 처음 일격을 받아낸 뒤에 흘려넘기고, 상대의 자세가 무너진 걸 노리고 반격! 그 상대방의 공격을 이용하는 검술에는 못 이기지.

남학생4 : 하지만 아벨 왕자도 대단하던데. 상상도 못 했던 쾌속 진격이야.

SE 시온&아벨이 검을 빼 드는 소리

심판 : 준비…… 시작!!

아벨 : (기합 소리) 하아압!

SE 키이이이잉!

아벨 : 큭…… 아직, 닿지 못했나.

SE 카앙! 검을 튕기고 거리를 벌리며 대치한다

아벨 : 봐주지 않겠다고 한 거 아니었어?
시온 : 기대에 부응하지 못해서 면목 없지만, 이쪽은 이쪽대로 사정이 있거든.
아벨 : 날 우롱할 생각……, 은 아닌 건가. 뭐, 어차피…… 내가 할 수 있는 일은 한정되어 있지만. 흡!!

SE 부웅! 아벨의 일격

시온 : (피하며) 큭!
아벨 : 하압!!

SE 키이잉…… 힘겨루기를 한다

시온 : 아벨 왕자……, 널 이렇게까지 강하게 만든 원인은 역시 미아 황녀인가?

아벨 : 그래, 맞아. 미아 황녀는 나를 믿고 승리를 기원해줬어……. 그러니까 나는 질 수 없어.

시온 : 그래……. 그건, 부럽군. (작게 한숨을 쉬고) 하지만 질 수 없는 긴 나도 마찬가지다.

SE 툭, 툭, 내리기 시작하는 비

SE 점점 거세어지는 빗소리──

□ 돌아와서 현재

SE 사각사각 흔들리는 나무

클로에 : 정말로, 정────말로, 시온 왕자님과 아벨 왕자님의 시합은 뜨거웠어요.

후우우 한숨을 쉬는 클로에

시온 : 아쉽게도 피가 쏟아져 승부를 마무리 짓지 못한 채 대회가 중지되고 말았지만.

미아 : 그랬었죠.

아벨 : 하지만…… 그 후 설마 그런 형태로 너와 다시 검을 맞대게 될 줄은 몰랐어.

시온 : 동감이야.

아벨&시온 : (서로를 바라보며 피식 웃는다)

루드비히 : 미아 황녀 전하.

SE 다가오는 루드비히의 발소리

루드비히 : 이런, 실례합니다. 아직 식사 중이셨습니까.

미아 : 상관없어요. 무슨 일이죠?

루드비히 : 전하께 인사하고 싶다는 자들이 계속 찾아오고 있습니다. 지금은 내빈실에서 기다리고 계시는데…….

미아 : 어머나.

라피나 : 역시 미아 님이네. (싱긋)

클로에 : 제국에서 가장 인기가 많으시니까요.

시온 : 우리는 신경 쓰지 말고 다녀와.

티오나 : 맞아요. 저희는 이미 많이 대화했으니까요.

키스우드 : 게다가 내일 결혼식에서 또 만날 수 있죠.

리오라 : 토끼 고기, 가져갈까?

안느 : (땀) 리오라 씨, 그건 조리실에서 보관하겠습니다. 나중에 드실 거죠? 미아 님.

미아 : 후후, 네. 그래요.

루드비히 : 그러면 대단히 면목이 없지만…… 같이 가 주십시오, 미아 황녀 전하.

미아 : 네.

아벨 : 내가 배웅할게. 한 번 방으로 돌아갈 거지?

미아 : 고마워요, 아벨.

□ 정원을 걸으며

SE 귀여운 새소리
SE 부드럽게 부는 바람

SE 나란히 걷는 미아&아벨

아벨 : 내일도 날씨가 좋을 것 같아.

미아 : 네. 분명 저희가 평소 좋은 일을 했기 때문이겠죠.

후후 웃는 미아
아벨도 피식 웃는다

미아 : 저기, 아벨.

아벨 : 응?

미아 : 내일 결혼식은 제 인생 최고로 예쁜 제가 될 거예요. 옆에서 잘 지켜봐 주세요.

아벨 : 말하지 않아도 당연히. (싱긋) 아, 하지만 지금 그 말은 조금 오류가 있어…….

미아 : 네?

아벨 : 내일만이 아니라 너는 항상 아름다워. 처음 만난 날부터 지금 이 순간까지. 그리고 미래에도 영원히.

미아 : 아벨…….

아벨 : 미아.

다정한 목소리로 서로 이름을 부르는 미아와 아벨——

【끝】

역사서는 이렇게 기록한다

제국 혁명 말기.

혁명군의 화염이 제국 전역을 불태우는 가운데, 백월 궁전에서 일어난 일.

"정략결혼…… 말씀입니까?"

알현실에 경악한 목소리가 울렸다.

목소리의 주인은 늙은 남자였다. 황제 마티아스 루나 티어문의 교육을 담당한 그는 지금도 황제가 깊이 신뢰하는 충신이었다.

한 번, 두 번 눈을 깜빡이며 늙은 충신은 황제를 바라보았다.

반면 황제 마티아스는 깊이 고개를 끄덕였다.

"그래. 식량을 얻기 위해 미아를 외국으로 시집보낼 생각이다. 나라는 어디든 상관없다. 상대의 작위도 문제시하지 않으마. 어떤가, 이 안건을 맡아주겠는가?"

"폐하의 명령이시라면……. 한데 식량은 얼마나 얻으면 되는 겁니까?"

"상대가 받아들일 수 있는 수준이어도 상관없다. 혼인이 성립되면 상대도 우리 제국을 홀대할 수 없을 테지."

"그렇다면…… 역시 상대는 어느 정도 나라를 움직일 수 있는 지위에 있어야만 하겠군요……."

"상세한 건 맡기마. 하지만 억지로 높은 지위를 찾을 필요도 없다. 상대가 누구이든 상관하지 않으마. 귀족이고, 어느 정도 돈이 있고, 온화한 남자라면……. 아무튼 혼담을 성사하는 것이 중요하다고 생각하도록."

고개를 저으며 낮은 목소리로 말하는 마티아스. 늙은 충신은 과거의 제자를 물끄러미 응시했다.

"폐하, 미아 님의 정략결혼을 성사하라는 명령을 잘 알아들었습니다. 또 이러한 상황에서는 그것도 어찌할 수 없는 일임을 압니다."

이미 티어문 제국은 죽었다. 타국과 교섭하고 싶어도 사용할 수 있는 카드가 너무나 드물다.

각지의 반란으로 이미 많은 귀족 가문이 소멸했다.

가장 큰 세력이었던 사대공작가 중 중앙 귀족을 통솔하는 역할인 블루문 가문은 이미 혁명군의 수중에 떨어졌다. 장남 사피아스는 약혼자가 인질로 잡혀서 투항. 공작을 필두로 일족과 식솔 모두가 형장의 이슬이 되었다.

레드문 가문은 영지에 틀어박혀 철벽의 수비전에 들어갔다. 제도에 수비군을 파견하라고 명령해도 대답은 일절 없었다.

옐로문 가문 또한 침묵을 지키고 있지만, 가장 약한 별을 지닌 공작가인 그 가문이 대체 무엇을 할 수 있을지는 의문이었다.

그리고 그린문 가문은 이미 외국으로 도망쳤다.

외국으로 도망…….

그것을 떠올리며 늙은 충신은 똑바로 물었다.

"하나 이 정략결혼의 진의는, 식량을 얻는 것이 아니지요?"

오래전부터 자신을 모셔 온 중진, 한때는 스승이라 불렸던 신하를 향해 마티아스는 쓰게 웃었다.

"물론이지. 나라는, 백성은…… 이미 어찌 되든 상관없다."

그 후 그는 살며시 고개를 저었다.

"이것은 어쨌거나 황제의 교육 담당이었던 네게 할 말은 아니었군. 하나 오해하지 않도록 확실히 말해두마. 정략 같은 건 그저 대외적인 이유에 불과하다. 이 일은 결혼에 더 중요하다는 걸 명심하도록."

"즉 미아 황녀 전하를 외국으로 탈출시키는…… 그 준비를 갖추라는?"

"그래. 그냥 외국으로 도망치게 하면 아무도 협력하는 자가 없을 테지만, 나라를 구하기 위한 정략결혼이라면 혹시 협력자가 있을지도 모르지. 게다가 미아 본인도 받아들일 것이다."

마티아스는 어딘가 먼 곳으로 시선을 던졌다.

"황제가 처형되는 건 어쩔 수 없는 일. 짐의 무능함은 짐이 잘 안다. 하나 딸까지 연대책임을 지게 했다간 아내를…… 아델라를 볼 면목이 없지."

"그렇군요……."

"어떤가. 할 수 있겠는가."

그 질문에 늙은 충신은 깊이 머리를 조아렸다.

"제 목숨을 걸어서라도 반드시……."

그 말대로 늙은 충신은 바로 행동을 개시했다. 아직 황실에 충성을 맹세하는 귀족에게 협력을 구하여 열정적으로 미아의 결혼 상대를 찾았다.

······하지만 그 충성은 결실을 보지 못했다.

교섭하러 가던 마차가 제국 국경 부근에서 혁명군의 수중에 떨어졌고, 늙은 충신은 지조를 지킨 끝에 목숨을 잃어버렸기 때문이다.

역사서는 황제 마티아스 루나 티어문의 마지막 말을 이렇게 기록한다.

"아쉽구나······. 그 정략결혼만 잘 되었다면······."

그가 단두대에서 흘린 말. 이를 훗날 역사가는 '무능한 황제의 증거'라고 해석했다.

계획했던 정략결혼이 설령 잘 성립되었다고 해도 상황은 호전되지 않았을 것이라고.

그런 어설픈 희망에 매달리니까 절대적인 멸망을 계측하지 못했던 거라고.

그렇게 딸을 사랑하는 남자는 죽었다.

아무에게도 이해받지 못해 멸시당하고, 사람들의 증오를 한 몸에 받으며······.

시간은 거꾸로 흐르고······.

단두대의 운명을 피하고, 초대 황제의 계획에서 벗어나고······ 혼돈의 뱀의 계략을 타파하고, 새로운 맹약과 방탕 축제로 지지 기반을 다진 미아.

그 후에도 각종 문제를 극복하고 눈앞에는 영광으로 가득한 미래로 이어지는 길만이 펼쳐져 있…… 어야 했는데.

백월 궁전의 침실에 서 있는 그녀의 얼굴은 어딘가 어두웠다.

아니, 어둡다기보다는 무언가 마음에 걸리는 게 있다는 듯이…… 그 미간에 주름이 파여 있었다.

"흐음……. 의외였네요. 아바마마께서 그렇게 쉽게 저와 아벨의 결혼을 인정해주시다니……."

팔짱을 끼며 고뇌에 차 신음했다.

"영락없이 더 고집을 부리실 줄 알았는데…… 그렇게 바로. 오히려 마음에 걸려요……."

'결혼이라니 말도 안 된다! 렘노 왕국의 왕자? 어림도 없는 소리!'라며 화를 낼 줄 알았는데……. 아니면 '결혼을 허락할 수도 있기는 하지만, 그 전에 앞으로 영원히 아빠라고 부르려무나……' 같은 곤욕스러운 요구를 밀어붙일 줄로만 알았는데…….

아버지는 뜻밖의 조건을 제시했다.

"웨딩드레스를 직접 고르시겠다니……. 참으로 상식적이잖아요. 아바마마답지 않아요. 이건 무언가 좋지 않은 꿍꿍이가 있는 게 아닐까요……? 으으, 신경 쓰여요."

"무슨 말이냐. 딸의 웨딩드레스에 참견하고 싶은 건 아버지로서 지극히 당연한 일. 게다가 소중한 날에 변변치 않은 드레스를 입게 했다간 아델라를 볼 낯이 없지……."

갑자기 들린 목소리. 시선을 돌리자 방 입구에 선 아버지, 마티아스의 모습이 보였다.

"······폐하, 딸의 방에 들어오기 전에는 제대로 노크하지 않으시면 아랫사람들에게 모범이 되지 않습니다. 우리 제국 국민에게, 딸을 둔 아버지들에게 모범이 되도록 행동하셔야······."

그런 미아의 항의를 웃는 얼굴로 흘려넘긴 마티아스가 말했다.

"폐하라니 섭섭하구나. 왜 그러느냐, 미아. 여느 때처럼 편하게 아빠라고 부르······."

"아바마마, 준비는 이미 다 되어있답니다. 자, 가시죠."

미아는 아버지의 헛소리를 깔끔하게 차단. 웃는 얼굴로 일어났다.

시착을 위해 준비한 방으로 이동했다. 준비를 완벽히 마치고 기다리던 재봉사는 베테랑 여성이었다. 주름이 진한 그 얼굴에 온화한 미소를 머금고 공손히 머리를 조아렸다.

"오늘의 시착과 의상 마무리를 담당하고 있습니다. 잘 부탁드립니다."

인사를 순식간에 끝내버린 그녀가 바로 움직이기 시작했다. 그 일머리가 무시무시할 정도였다. 빠릿빠릿하게 움직이며 재빨리 미아에게 웨딩드레스를 입혔다. 그리고 그 옆에서는 안느가 메모를 남기며 재봉사의 일거수일투족을 관찰했다.

"어머나, 아주 열심이네요. 안느."

움직이지 않은 채 시선만 보냈다. 그러자 안느가 진지함 그 자체인 얼굴로 고개를 끄덕였다.

"네. 결혼식 당일에 무슨 일이 일어나도, 그리고 만약 저 혼자

밖에 없는 상황이어도 대처할 수 있도록 최대한 방식을 익혀두려고 합니다. 어쩌면 말이 재채기를 뿌리는 일이 있을지도 모르니까요."

든든한 전속 메이드의 말과 그리운 추억에 미아는 무의식중에 웃었다.

"아아, 그러고 보면 그런 일도 있었죠……. 우후후, 기억이 나네요."

하지만 그 미소는 바로 어두워졌다.

"그랬죠, 황람…… 그 말은……, 이젠……."

어딘가 먼 속을 보듯 미아는 허공으로 시선을 배회하며…….

"베이르가를 떠났으려나요? 일찌감치 이쪽으로 온다고 했었는데……. 생각해 보면 그 녀석을 결혼식에 불렀단 말이죠. 듣고 보니 안느의 우려도 타당해요."

평범한 결혼식에서 말을 타는 일은 없다. 당연하다.

하지만 미아하면 말. 말하면 미아. 미아의 승마 애호는 주위에 널리 알려져 있다. 따라서 결혼식의 볼거리로서, 미아와 관계가 깊은 말을 불러 미아가 말을 타고 등장하기로 했다.

그리고 황람은 미아의 추억 속에서 1, 2위를 다툴 정도로 인상적인 말이고…… 당연히 등장하지 않을 수가 없지만…….

"물론 웨딩드레스를 입고 타지는 않을 거지만요……. 그 녀석이 몰래 마구간에서 빠져나와 저에게 재채기를 뿌리러 온다는 건…… 참으로 있을 법한 일이에요."

미아는 그 광경을 선명하게 상상할 수 있었다. 심술궂은 얼굴로 살그머니 미아에게 다가오는 황람의 그 얼굴이…….

"……안느, 만약을 대비해 제대로 방식을 보고 배우도록 하세요."

"네. 물론입니다."

주먹을 불끈 쥐고 기합을 흡! 불어넣는 안느였다.

그렇게 시착을 마친 미아는 아버지에게 향했다.

긴 드레스 자락이 바닥에 끌리지 않도록 안느에게 들어 달라고 하고 천천히, 넘어지지 않도록 걸어가서…….

"아바마마, 시착이 끝났습니다."

그 목소리에 한참을 기다렸다는 양 벌떡 일어난 아버지는…….

"아……."

단 한마디만을 중얼거렸다.

"어때요? 아바마마. 이 웨딩드레스는…….”

미아는 작게 고개를 갸웃거리며 아버지를 바라보았다. 하지만 그 물음에 마티아스는 대답하지 않았다.

"아……."

또다시 중얼거림. 흘러나온 그 목소리에는 만감의 울림이 담겨 있었다.

마티아스는 눈에 눈물을 글썽이면서 그저 하염없이 미아의 모습을 바라보고 있었다.

"어째서인지 모르겠지만…… 나는, 미아의 그 모습을, 볼 수 없을 줄로만 알았단다……. 그런데 이렇게 보게 되었다니. 이토록

기쁜 일이 없구나."

희미하게 떨리는 목소리로 그런 말을 했다.

"아바마마……."

감격에 겨운 아버지의 말에 미아도 무심코 눈물이 욺을 뻔했…… 지만!

"하지만…… 아쉽구나……."

이어지는 아버지의 말에 미아는 말문이 막혔다!

"아니!"

그러고는 눈꼬리를 매섭게 치켜세웠다.

"무, 무슨 의미이신 거죠?! 아바마마, 제, 제 드레스 모습이 아쉽다니……."

당황하며 거울을 확인하자, 그곳에 비친 자신은…… 뭐 최고라고 하진 못해도 평범했다. 평균 이하는 아니다. ……아마도.

그러니 절대 아쉬운 수준은 아닐 것이다. ……아마도.

──그, 그런데, 하필 저런…… 딸의 웨딩드레스 모습을 보고 아쉽다니…….

까드득 이를 간 미아는 퍼뜩 깨달았다.

"앗, 그렇군요! 드레스가 안 어울린다거나 그런 말로 결혼을 반대하실 생각인 거예요. 크으윽, 그렇게는 안 되거든요? 반드시 저에게 딱 맞는 드레스를 찾아내겠어요. 다른 드레스도 어서 입어보죠!"

미아는 재봉사를 재촉해 다음 드레스를 입어보러 갔다.

그래서 미아는 제대로 물어보지 못했다.

아버지가 무엇을 아쉬워했는지…….

쿵쿵 시착실로 돌아가는 미아를 배웅한 뒤 마티아스는 재차 중얼거렸다.

"정말로, 아쉬워……. 아델라에게도 미아의 이 모습을 보여주고 싶었거늘……."

살며시 감은 눈꺼풀 뒤로 아내의 모습을 떠올리며…….

"아쉽구나……. 아델라라면 분명 누구보다 미아에게 잘 어울리는 드레스를 준비해주었을 텐데……. 분명 웨딩드레스도 직접 만들었겠지. 후후후, 아델라는 손재주가 좋았으니……."

지금은 죽은 아내 자랑을 중얼거린 뒤 그는 조심스레 다시 앉았다.

미아가 돌아올 때까지 또 한동안 시간이 걸릴 것이다. 그동안 느긋하게 추억에 잠기고자…… 그는 아내의 얼굴을 떠올렸다.

빛바래는 일이 없는 그 얼굴은 어째서인지 쓴웃음을 짓고 있는 듯한 느낌이었다.

『아무리 저라도 웨딩드레스는 차마 못 만들어요.』

그렇게 조금 황당해하는 목소리가 들리는 것 같아서…….

"그래……. 그렇다면 적어도 아델라 대신 내가 제대로 골라줘야지."

마티아스는 살며시 눈을 감았다. 머나먼 기억 저편, 지금은 죽은 아내의 조언에 귀를 기울이듯이…….

이렇게 절망으로 점철된 '아쉬움'에서 행복으로 넘쳐나는 '아쉬움'으로…… 마티아스의 중얼거림이 바뀌었다.

후대 역사가는 그 말을 기록하면서 황제 마티아스를 이렇게 평가했다.

마티아스 루나 티어문은 제국의 예지로 이름 높은 미아 황녀의 아버지라는 게 놀라울 정도로 평범한 남자였다고.

통치자로서는 평범하고, 딸을 사랑하는 그 모습 또한 평범한, 지극히 일반적이고 선량한 아버지였다고.

그리고 죽은 아내를 사랑하는 마음은 통치자에게는 부적절할 정도로 성실했다고.

뭐, 아무튼. 미아의 웨딩드레스 시착은 이렇게 밤까지 계속 이어졌다.

티어문 제국
이야기

Tearmoon Teikoku Monogatari~Dantoudai kara hazimaru hime no
gyakuten story~
Drama CD by Nozomu Mochitsuki
© Nozomu Mochitsuki / TO Books. Illustrated by Gilse
℗ TO Books.
Original Japanese edition published by TO Books, Inc.
Korean translation rights arranged with TO Books, Inc.
Korean translation rights © 2024 by Somy Media, Inc.

티어문 제국 이야기 14 ~단두대에서 시작하는 황녀님의 전생 역전 스토리~
드라마CD한정판

2024년 11월 15일 1판 1쇄 발행

저　　　자 모치츠키 노조무
일 러 스 트 Gilse
옮 긴 이 현노을
발 행 인 유재옥
이　　　사 조병권
출판본부장 박광운
담 당 편 집 정영길
편 집 1 팀 박광운
편 집 2 팀 정영길 조찬희 박치우 정지원
편 집 3 팀 오준영 이소의 권진영
디자인랩팀 김보라 차유진
디지털사업팀 박상섭 김지연 윤희진
라이츠사업팀 김정미 맹미영 이윤서
영업마케팅팀 최원석 박수진 이다은
물 류 팀 허석용 백철기
경영지원팀 최정연
인쇄제작처 ㈜코리아피엔피
발 행 처 ㈜소미미디어
등　　　록 제2015-000008호
주　　　소 서울시 마포구 토정로222, 403호 (신수동, 한국출판콘텐츠센터)
판매 및 마케팅 (070) 8822-2301

ISBN 979-11-384-3091-3